Jenny Dale
Lily ist verschwunden

HUNDEBABYS
zum Liebhaben

Jenny Dale

Lily ist verschwunden

Aus dem Englischen
von Katharina Georgi

Mit Bildern
von Frank Rodgers

Verlag an der
ESTE

Für Isabel, Peter und Jessie

Lizenzausgabe für den Verlag an der ESTE GmbH,
Buxtehude 2009

Die Originalausgabe ist erschienen bei MacMillan Children's
Books, London, unter dem Titel »Lily the lost Puppy.«

Aus dem Englischen von Katharina Georgi
Umschlagillustration: Jaques Fabre
Umschlaggestaltung: Bachmann & Seidel
Gesamtherstellung: Westermann Druck, Zwickau GmbH
Artikelnummer: 007129

Kapitel 1

»Lily! Pass doch auf!« Tim zog einen leeren Koffer über den Boden seines Zimmers, genau dort, wo Lily gerade eine außerordentlich interessante Stelle auf dem nackten Dielenboden beschnupperte. Sie war voll neuer Gerüche, denn der Teppich war erst am Tag zuvor entfernt worden.
Hmm, dachte Lily, als ihre kleine

schwarze Nase auf dem Boden entlangfuhr. Nur ein schwacher Duft nach Maus. Und noch etwas anderes – alte Kekskrümel vielleicht?

»Lily, verschwinde!«, rief Tim noch einmal.

»SCHON GUT, SCHON GUT! Beruhige dich!«, kläffte Lily ärgerlich, als sie zur Seite sprang. Wo auch immer sie war, Lily schien stets am falschen Platz zu sein.

Während der letzten paar Tage schien die ganze Familie verrückt geworden zu sein! Überall im Haus standen Kartons herum, und jeder machte einen Mordswirbel darum und packte Dinge hinein. Sogar Tim benahm sich seltsam – seit ewigen Zeiten spielte er kaum noch mit ihr. Und eigentlich war er doch ihr bester Freund!

Lily legte sich hin, mit dem Kopf zwischen den Pfoten. Warum nur packten sie all ihre Sachen ein? War es eine Art Spiel? Nein, das konnte nicht sein, denn als sie gestern angefangen hatte, mit all den tollen Zeitungen zu spielen, die auf dem Fußboden im Flur herumlagen, bekam sie mächtig Ärger.

Tim legte seine letzten Kleider in einen Koffer und versuchte, den Deckel zu schließen. Er hatte viel zu viele Sachen hineingetan. Lily beobachtete ihn, als er auf dem Koffer auf und nieder hüpfte, um die beiden Seiten zueinander zu bringen. Nach einer Weile harter Arbeit schaffte er es schließlich, den Deckel zuzumachen und die beiden Verschlüsse zu schließen.

»Können wir jetzt endlich spielen?«, kläffte Lily, setzte sich auf und legte den Kopf zur Seite.

»Okay, Lil, in einer Minute spielen wir«, antwortete Tim. »Ich muss vorher nur noch etwas erledigen.«

Lily legte sich wieder hin, dann entdeckte sie einen Schnürsenkel, der aus dem Koffer hing. Sie trottete hinüber und beschnüffelte ihn. Großartig!, dachte sie. Ich würde diesen Schnürsenkel überall erkennen. Er gehört zu einem der Turnschuhe, die Tim zum Fußballspielen anzieht. Sie nahm den Schnürsenkel und begann zu zerren.

»Hey, hör auf, Lil!«, rief Tim.

Aber Lily machte weiter. Sie zog und zerrte und plötzlich sprang der Kofferdeckel auf. Lily quietschte vor Vergnügen. Das war schon eher nach ihrem Geschmack! Sie nahm den Turnschuh zwischen die Zähne und schüttelte ihn spielerisch.

»Lass ihn los, Lily!«, sagte Tim streng. »Das ist einer meiner besten Sportschuhe.«

»Bestimmt nicht«, knurrte Lily. »Das ist einer von deinen übelriechendsten.«

Tim griff nach dem Turnschuh, aber Lily hielt ihn fest und gewann. Sie rannte aus dem Zimmer und die Treppe

hinunter, den Turnschuh hielt sie noch immer fest im Maul. Tim polterte hinter ihr die Treppe hinunter.
Als sie durch den Flur rasten, kam Mr Harper, Tims Vater, gerade aus dem Wohnzimmer. »Ich hoffe, du bist fertig mit Packen, Tim«, rief er. »Die Umzugsleute werden jeden Augenblick hier sein.«
Lily rutschte über den Küchenboden und steuerte die Hundeklappe in der Hintertür an. Aber die quadratische Öffnung war nicht groß genug für Lily und Tims Turnschuh. Lily prallte zurück und setzte sich unsanft hin.
»Aha! Hab ich ihn!«, schrie Tim, als er Lily einholte und ihr den Turnschuh entriss. Dann schoss sie durch die Hundetür hinaus in den Garten. Tim öffnete die Tür und rannte hinterher.
Sie absolvierten ihren täglichen

Marathonlauf auf dem kleinen Rasen: zweimal um den Fischteich herum, rund um die Birke, hinüber zum Gemüsebeet und auf der anderen Seite wieder hinunter ...

Doch plötzlich blieb Lily stehen, als sie ein lautes rumpelndes Geräusch hörte, das von der Straße kam.
»Das ist der Lastwagen, der alles abholt!«, rief Tim.

»Was?«, jaulte Lily. Sie legte den Kopf schief und sah Tim an. »Warum?«
»Weißt du, Lily, wir ziehen in ein neues Haus«, erklärte Tim. »Es hat einen riesengroßen Garten. Wir werden viel Spaß dort haben!«
Lily lief ein kalter Schauer über den Rücken. Ihr kleiner Stummelschwanz senkte sich traurig, sie protestierte.
»Aber ich will nicht weg!«, knurrte sie.
»Mir gefällt es hier!«
Tim bemerkte es gar nicht und rannte zurück zum Haus. Lily folgte ihm sehr betrübt. Sie hatte keine Lust, in ein fremdes neues Haus umzuziehen. Hier waren überall ihre Freunde. Zum Beispiel der Labrador Bruce von Nummer 10. Und der Sheltie Wendy, der um die Ecke wohnte. Sie trafen sich jeden Tag im Park.

Lily hatte sich nicht einmal von ihnen verabschiedet!
Im Haus waren jetzt lauter Männer in Overalls, die überall herumtrampelten. Sie brüllten sich mit lauten Stimmen an und trugen alle Möbel aus dem Haus. Mrs Harper, Tims Mutter, fuhrwerkte herum und bat sie, vorsichtig zu sein.
Lily starrte aus der Haustür und beobachtete die Männer, wie sie die Möbel in den riesigen Lastwagen luden, der mit offener Rückklappe draußen auf der Straße wartete. Das alles war zu viel für Lily. Sie begann vor Furcht zu zittern.
Tim bemerkte es und breitete die Arme aus. »Komm her, Lily!«, rief er. Dankbar sprang sie ihm in die Arme und kuschelte sich an seine Brust.
»Aufregend, nicht wahr?«, sagte Tim

und kraulte das borstige weiße Fell in Lilys Nacken.

Lily beobachtete, wie der Küchentisch durch die Haustür hinausgetragen wurde. »Finde ich nicht!«, jaulte sie. »Mir ist es unheimlich!«

Kapitel 2

Als all die aufgerollten Teppiche und die Möbel verschwunden waren, begannen die Männer damit, Kartons zum Lastwagen zu tragen. Mr Harper kam mit Lilys Körbchen aus der Küche. »Vielleicht sollte Lily lieber mit mir fahren«, sagte er zu Tims Mutter. »In meinem Auto ist mehr Platz für ihr Körbchen.« Er brachte es hinaus.

»Hey! Wohin gehst du damit?«, bellte Lily.

»Keine Angst, Lily, all dein Spielzeug ist hier drin!«, sagte Mr Harper lächelnd, während er zur Haustür lief. »Komm mit!«, rief er ihr über die Schulter zu.

Tim setzte Lily auf den Boden. »Geh mit Dad, Lil!«, sagte er. »Ich will mich nur noch schnell von meinem Zimmer verabschieden.«

Lily zögerte – sie wollte viel lieber bei Tim bleiben –, dann trottete sie hinter Mr Harper her. Er stellte ihr Körbchen auf den Rücksitz seines großen Wagens, der direkt vor Mrs Harpers kleinem roten Auto geparkt war, dann deutete er mit dem Kinn auf die offene Autotür. »Hinein mit dir, Lily!«, sagte er.

Lily sprang zögernd hinein und Mr Harper warf die Tür zu. Lily drehte sich

in ihrem Körbchen ein paar Mal um sich selbst und zog an der Decke herum, bis sie so lag, wie sie es liebte. In diesem Augenblick war ein lautes Krachen zu hören, als einer der Männer irgendetwas unsanft gegen die Lastwagentür stieß.
»He! Passen Sie doch auf!«, rief Mr Harper und lief hinüber, um zu sehen, ob etwas beschädigt war.
Lily winselte unglücklich. Sie hasste es, allein zu sein, und alles war plötzlich so fremd und Furcht erregend. Sie wollte bei Tim sein.
Dann bemerkte Lily, dass eine der Vordertüren des Wagens nicht ganz geschlossen war. Sie sprang aus dem Körbchen auf den Vordersitz und schlüpfte durch den Spalt hinaus.
Im Haus konnte sie Tim nirgendwo entdecken. Vielleicht ist er immer noch

in seinem Zimmer, dachte Lily. Sie tappte nach oben, ihre Krallen kratzten über die nackten Holzdielen. Aber sie fand ihn nicht.

Lily ließ sich Zeit und beschnüffelte ein letztes Mal die Ecken des Zimmers, bevor sie ihre Suche fortsetzte.
Dann geschah plötzlich etwas Fürchterliches. Die Tür von Tims

Zimmer fiel ins Schloss. Irgendjemand hatte Lily eingesperrt!
Lily war so überrascht, dass sie zuerst gar nichts unternahm. Sie hörte, wie jemand die anderen Zimmertüren schloss, und dann wurde die schwere Haustür zugeworfen. Der brüllende Motor des Lastwagens war zu hören.
Sie konnte es nicht glauben. Sie würden doch niemals ohne sie gehen?
Lily sauste los und kratzte wie wild an der Zimmertür, aber sie war fest geschlossen. Sie sprang an der Tür in die Höhe und angelte mit der Pfote nach dem Türgriff, aber die Tür blieb zu. Sie begann, wie verrückt zu bellen, doch der Lastwagen draußen machte so einen Lärm, dass niemand sie hören konnte.
Lily hörte, wie Mr Harpers Auto angelassen wurde. Sie rannte zum

Fenster. Aber auch wenn sie auf den Hinterbeinen stand, war sie zu klein, um das Fensterbrett zu erreichen.
»Bis später!«, hörte sie Mr Harper rufen, als die Lastwagentüren geräuschvoll geschlossen wurden.
»In Ordnung!«, antwortete Mrs Harper.
Lily hörte, wie sein Auto langsam davonfuhr.
Ganz leise, vom Lärm des Lastwagens überdeckt, wehte Tims Stimme herüber. »Lily ist doch mit Dad gefahren, oder?«
Lily spitzte die Ohren. »Nein, bin ich nicht!«, bellte sie. »Ich bin hier!« Sie kratzte wieder unter dem Fensterbrett herum in dem verzweifelten Versuch, es zu erreichen.
»Ja, ich habe gesehen, wie sie in den Wagen gesprungen ist«, hörte Lily Tims

Mutter antworten. »Sie wird im neuen Haus schon auf dich warten.«
Lilys Herz schlug heftig voller Angst und Panik und hämmerte schmerzhaft gegen ihre Brust. »Nein!«, bellte sie. »Geht nicht ohne mich!«
»Hey!«, hörte sie Tims Stimme. »Das klang ein bisschen wie Lily!«
»Das kann nicht sein«, antwortete seine Mutter. »Sie ist bei Dad. Ich hab's dir doch gesagt – ich habe gesehen, wie sie in den Wagen gehüpft ist.«
Lily holte tief Luft und sprang so hoch sie konnte über das Fensterbrett hinaus, in der Hoffnung, dass Tim sie sehen würde. Aber sie konnte nicht in der Luft stehen bleiben, und er schaute nicht im richtigen Mument hoch.
Lilys braune spitze Ohren zuckten, als sie darauf lauschte, wie die Türen von

Mrs Harpers rotem Auto mit einem Knall geschlossen wurden. Der Motor heulte auf, und das Auto fuhr langsam davon und folgte dem rumpelnden Möbelwagen. Lily hörte auf das krachende Geräusch, das es immer machte, wenn es um die Ecke bog. Es musste in die Straße eingebogen sein, auf der sie mit Tim immer zum Park ging.

Das Motorengeräusch wurde langsam schwächer und war dann gar nicht mehr zu hören. Lily war allein.

Lily stand noch eine Weile am Fenster und wartete darauf, dass das Geräusch des Wagens zurückkehrte. Sie würden doch sicher wegen ihr zurückkommen? Aber die Straße blieb ruhig. Sie fing an zu winseln. Ihr weißer Fellkörper zitterte.
Doch plötzlich flackerte ein kleiner Funken Mut in ihr auf. »Komm schon! Sei tapfer!«, sagte sie sich.
Sie stand auf und schüttelte sich, dann lief sie in Kreisen im Zimmer herum und überlegte, was sie tun sollte.
Sie schaute zur Tür. Wenn sie sich richtig Mühe gab, könnte sie vielleicht hoch genug springen, um mit der Pfote

den Türgriff zu erreichen. Dann könnte sie das Haus verlassen, die Straße hinunterlaufen und Tim wieder finden. Ja!

Lily ging zur Tür und sprang zum Türgriff hinauf. Zuerst verfehlte sie ihn ständig. Aber sie gab nicht auf, sprang wieder und immer wieder mit ihren kurzen kräftigen Beinen. Schließlich erwischte sie den Türgriff mit ihren Vorderpfoten. Er gab nach, als Lily zu Boden fiel, und die Falle öffnete sich. Die Tür ging auf. Sie hatte es geschafft!

Lily stieß die Tür mit der Nase weiter auf. Wie der Blitz war sie aus dem Zimmer und flitzte die Treppen hinunter. Sie schlitterte über die nackten Fußbodendielen des Flurs zur Küche und ... knallte geradewegs in die geschlossene Küchentür. Zum zweiten

Mal an diesem Tag setzte Lily sich unsanft hin. Die Tür war fest geschlossen und der Türgriff viel höher als der von Tims Zimmertür.
Lily würde ihn niemals erreichen können. Alles war zu Ende!
Unglücklich ließ sie sich vor die Tür

plumpsen und heulte verzweifelt auf.
Dann hörte Lily draußen den Motor eines Autos. Türen schlugen. Sie hörte

Stimmen und Schritte, die den Weg heraufkamen. Tim hatte sie doch vermisst und war zurückgekommen. Hurra!
Lily rannte zur Eingangstür, und ihr kleiner Stummelschwanz wedelte so heftig, dass sie dachte, er würde abfallen.
Sie hörte Schlüsselklappern.
»Wuff!«, bellte sie glücklich. »Ich bin noch hier!«
»Was war denn das?«, sagte eine Frauenstimme.
»Was meint Mrs Harper denn?«, wunderte sich Lily. »Sie weiß doch genau, dass ich es bin!«
Die Schlüssel rasselten etwas lauter, dann schwang die Haustür auf. Aber die Leute, die im Eingang standen, waren nicht Lilys Familie.

Kapitel 3

»Meine Güte!«, sagte die Frau, die nicht Mrs Harper war. »Was machst du denn hier?«
Lily verließ der Mut, als sie zu den Fremden aufschaute. »Was macht ihr hier?«, bellte sie. »Ich habe auf Tim gewartet!« Ihre Gedanken überschlugen sich. Sie wollte hier nicht bleiben! Sie konnte nur eines tun.

Lily schoss an der fremden Familie vorbei durch die Haustür, den Weg hinunter und durch die Gartentür. Sie raste die Straße hinunter in die Richtung, in der sie Mrs Harpers rotes Auto hatte fahren hören.
»He! Wohin gehst du?«, bellte Bruce durch das Tor von Nummer 10.
»Tut mir Leid, kann nicht stehen bleiben!«, bellte Lily atemlos über die Schulter. »Ich muss Tim finden!«
Lily flitzte um die Ecke in die Straße, die mit Bäumen gesäumt war. Sie kannte sie wie die Rückseite ihrer Pfote – sie führte zu der großen lauten Straße, mit dem Park auf der anderen Seite, wo sie und Tim oft zum Spazierengehen hingingen. Sie blieb nicht einmal stehen, um an Laternenpfählen zu schnuppern, und rannte weiter, während der Wind um ihre Ohren sauste.

An der Ecke kam Lily rutschend zum Stehen. Woher sollte sie wissen, welchen Weg das rote Auto nun genommen hatte? Sie knurrte verzweifelt und blickte die Straße hinauf und hinunter.

Im Eingang des Eckladens entdeckte sie den alten Schäferhund Wolfi, der hier wohnte. Vielleicht hat er gesehen, wohin das Auto gefahren ist, dachte Lily. Ungeduldig lief sie zu ihm hinüber.

»Was machst du hier so ganz alleine, Lily?«, wollte er wissen.

»Etwas Schreckliches ist passiert«, winselte sie. »Meine Familie ist ausgezogen und hat mich aus Versehen hier gelassen.«

»Oje, meine Liebe«, antwortete Wolfi. »Meinst du nicht, es wäre besser, wenn du zurückgehen und beim Haus auf sie warten würdest? Sie werden dich bestimmt dort abholen.«

»Nein!«, jaulte Lily auf. »Irgendwelche fremde Leute sind ins Haus

gekommen!« Sie fragte ihn, ob er Mrs Harpers rotes Auto gesehen hätte, aber er schüttelte den Kopf.

»Vielleicht hat Wendy das Auto gesehen«, sagte Wolfi. »Sie sieht alles hier in der Straße! Sie ist gerade mit ihrem Frauchen in den Park gegangen.«

»Ich beeile mich lieber, damit ich sie finde«, sagte Lily. Flink lief sie zur Hauptstraße zurück.

Ein lautes Motorrad sauste vorbei, und Lily sprang vor Schreck in die Höhe. Ihre braunen Augen waren angstvoll aufgerissen. Einige Zeit duckte sie sich regungslos. Der Verkehr schien sogar noch lauter und schneller als gewöhnlich zu sein. Noch niemals hatte sie versucht, ganz allein eine Straße zu überqueren. Bis jetzt war sie nur mit Tim hier gewesen und immer an der Leine. Dann bemerkte Lily die schwarzen und weißen Streifen auf der Straße, auf denen sie und Tim normalerweise hinübergingen. Die Autos waren davor stehen geblieben, und Leute liefen über

die Straße; also folgte Lily ihnen, völlig verloren in einem Meer von Beinen. Sobald sie die andere Straßenseite erreicht hatte, schoss Lily durch das Parktor. Sie schaute sich suchend nach Wendy um, aber sie konnte sie nicht entdecken.
Lily lief hinüber zum Teich, wo sie und Tim beim Entenfüttern immer so viel Spaß gehabt hatten. Ihr Schwanz hing traurig zu Boden. »Oh, wo ist er nur?«, heulte sie.

In diesem Augenblick ließ Tim sich gerade unglücklich auf die Treppen des neuen Hauses sinken. »Ich habe Lily im alten Haus bellen gehört!«, schrie er seine Eltern weinend an. »Und jetzt ist sie weggelaufen, und ich sehe sie vielleicht nie wieder!« Seine Schultern

wurden von Schluchzern geschüttelt. Die Harpers waren im neuen Haus angekommen und hatten den fürchterlichen Verlust entdeckt. Mr Harper hatte gedacht, dass Lily noch im Auto gewesen wäre, als er losfuhr. Schließlich hatte er nicht gesehen, dass sie ausgestiegen war. Aber als Mrs Harper im alten Haus angerufen hatte, hatte ihr die neue Familie erzählt, dass Lily davongelaufen war.
»Wir müssen nach ihr suchen, sofort!«, weinte Tim.
»In Ordnung«, stimmte seine Mutter zu. »Gehen wir. Dad kann hier bleiben und mit dem Auspacken anfangen.«

Im Park saß Lily immer noch am Teich, und trotz des warmen Sonnenscheins zitterte sie.

»Hallo! Was ist los?«
Lily schaute hoch. Es war der Sheltie Wendy, der auf sie zugelaufen kam und mit seinem langen federigen Schwanz wedelte. Wendys Frauchen saß auf einer Bank in der Nähe.
»Was machst du hier so ganz allein?«, fragte Wendy.
Lily erzählte die ganze traurige Geschichte und erkundigte sich, ob Wendy Tim im roten Auto seiner Mutter gesehen hatte.
Wendy legte den Kopf auf die Seite und dachte angestrengt nach. »Also«, sagte sie langsam, »hier gibt es ziemlich viele rote Autos ... aber warte mal!« Sie kläffte aufgeregt. »Ja, ich erinnere mich! Es ist in die Hauptstraße eingebogen und dann – in diese Richtung gefahren!«
Wendy zeigte mit dem Kopf die

Richtung. »Aber wenn ich du wäre, würde ich die Abkürzung durch den Park nehmen«, empfahl sie. »Das ist viel besser, als auf die verkehrsreiche Hauptstraße zurückzukehren.«

»Danke, Wendy!«, sagte Lily dankbar und rannte in der Richtung davon, die Wendy ihr gezeigt hatte. Lily rannte und rannte und gelangte in einen Teil des Parks, wo sie und Tim noch nie gewesen waren. Sie lief langsamer und schaute sich hechelnd um.

Alles war hier so anders. Die Geschäfte vor dem Zaun schienen gepflegter zu sein, und die Häuser und Gärten waren größer.

Lily war sehr durstig. Sie entdeckte eine kleine Pfütze und trank gierig daraus. Igitt! Das Wasser schmeckte entsetzlich. Sie spuckte es wieder aus.

»Diese Hunde von der anderen Parkseite haben so abscheuliche Manieren!«

Lily drehte sich um und sah zwei große, hochnäsig wirkende Hunde mit einer Fülle seidiger Haare, die sie wie Vorhänge bedeckten. Ihr Frauchen zogen sie an zwei langen elastischen Leinen hinter sich her. Sie kamen auf Lily zu und beschnupperten sie auf eine äußerst unfreundliche Art und Weise. Lily stellte fest, dass sie besonders schöne Halsbänder trugen.

»Oh meine Liebe, was ist das nur für ein struppiges Hündchen?«, sagte einer von ihnen.

»Und welches Herrchen lässt so ein kleines Kerlchen alleine im Park herumrennen?«, schnüffelte der andere.

»Also wirklich! Manche Menschen sind unmöglich!«
Die zwei riesigen Hunde ragten wie Türme über Lily auf und blickten an ihren langen dünnen Nasen entlang auf Lily herab.

Lilys Beine wurden steif, und das borstige Haar auf ihrem Rücken sträubte sich vor Ärger. Sie sprachen schlecht über Tim! Sie war gerade im Begriff, den hochnäsigen Hunden ihre

Meinung zu sagen, als ein vertrautes Geräusch an ihre Ohren drang. Es war das Krachen von Mrs Harpers Automotor.

»Entschuldigt mich!«, bellte sie und lief eilig aus dem Schatten der beiden Hunde heraus – gerade noch rechtzeitig, um das rote Auto von Tims Mutter vorbeifahren zu sehen.

Lily jaulte aufgeregt und stürzte durch das Parktor hinaus dem Auto hinterher. Sie rannte den Gehweg hinunter und wich den vielen Beinen aus. Sie musste es einfach einholen! Ohne hinzuschauen, sauste sie auf die Straße – dann hörte sie ein donnerndes Geräusch, das immer lauter wurde – und immer näher kam. Lily blickte hoch und sah einen großen roten Bus direkt auf sich zukommen!

Kapitel 4

Lily duckte sich wie versteinert vor Angst. Dann bemerkte sie, dass der Bus langsamer geworden war.
Glücklicherweise hatte er angehalten, um Fahrgäste aus- und einsteigen zu lassen.
Lily kroch zurück auf den Gehweg und beobachtete, wie der Bus langsam weiterfuhr. Jetzt konnte sie keine Spur

des roten Autos mehr entdecken. Sie winselte kläglich.
Plötzlich kam ein merkwürdiges rumpelndes Geräusch aus Lilys Bauch. Sie stellte fest, dass sie sehr hungrig war! Ich sollte mir etwas zu fressen suchen, dachte sie.
Mit schwerem Herzen stand Lily auf und trottete die Straße hinunter, während sie in der Luft nach Essgerüchen schnupperte.

Ein paar Straßen weiter hatten Tim und seine Mutter das Auto angehalten, um mit dem Frauchen der zwei hochnäsigen Hunde zu sprechen, die Lily so unverschämt behandelt hatten.
»Haben Sie einen kleinen Jack-Russell-Terrier gesehen, der sich verlaufen hat?«, fragte Tim.

Die Frau überlegte einen Augenblick, dann lächelte sie. »Ja«, antwortete sie. »Es ist noch gar nicht lange her, im Park. Perdita und Polly sind zu ihm hingelaufen, dann ist er durch das Parktor davongerannt.«
»Das war bestimmt Lily!«, schrie Tim aufgeregt.
»Haben Sie gesehen, in welche Richtung sie gelaufen ist?«, erkundigte sich Mrs Harper.
Die Frau schüttelte den Kopf.
Tim ließ den Kopf hängen. »Sie kann überall hingelaufen sein!«, sagte er unglücklich.
Seine Mutter bedankte sich bei der Frau und wandte sich ihm zu, um ihn zu trösten. »Wir suchen einfach weiter«, sagte sie. »Lily kann nicht weit weg sein!«

Lily setzte ihren Weg auf der Suche nach Futter fort. Sie kannte diese Straße überhaupt nicht. Sie kam an einem Haus vorüber, aus dem herrliche Essensgerüche drangen, und steckte ihre Nase durch das Tor.
»Rarrghhh! Rarrrghhh!«
Lily wich erschrocken zurück, als plötzlich eine riesige knurrende Schnauze wie aus dem Nichts vor ihr auftauchte. Sie gehörte einem gewaltigen schwarzen Hund, der sich bedrohlich vor ihr aufbaute.
»Verschwinde, Kleine! Das ist mein Revier!«, bellte er böse.
Das ließ Lily sich nicht zweimal sagen. Sie drehte sich um und rannte kopflos davon, bis sie an einen Durchgang kam, in dem Mülleimer und große schwarze Säcke standen. Futter! Sie begann an

den Säcken herumzuschnüffeln. Als sie an einen geriet, aus dem es verheißungsvoll roch, riss sie ihn mit ihren spitzen weißen Zähnen auf.
Darin fand sie eine trockene Brotkruste und die Reste eines Hamburgers und Lily schlang beides hungrig hinunter.
»Das sieht man deutlich, dass die hier noch nicht lange auf der Straße lebt!«
Lily drehte sich um und sah zwei verwahrloste Mischlingshunde, die sie anstarrten. Sie sahen etwas ungehobelt aus, aber sie wedelten freundlich mit dem Schwanz.
»Entschuldigt bitte«, bellte Lily höflich.
»Ist das hier euer Revier?«
Die beiden Mischlinge wedelten noch stärker mit dem Schwanz. »Mit so etwas haben wir nichts zu tun«, sagte einer von ihnen. »Wir herrenlosen Hunde

streifen überall herum! Wir jagen in Gruppen und teilen alles miteinander.«

»Und was ist deine Geschichte, Kleine?«, fragte der andere Streuner. »Bist du schon lange von zu Hause fort?«

Lily sprudelte die ganze traurige Geschichte heraus. Die zwei Promenadenmischungen hörten zu und legten voller Mitgefühl den Kopf auf die Seite.

»Mach dir keine Sorgen!«, sagte einer von ihnen, als sie fertig war. »Du bist nicht mehr allein. Ich heiße Sam, und das ist Shep. Wir kümmern uns um dich. Komm mit uns, und wir besorgen dir ein köstliches Fressen!«

Lily folgte ihren beiden neuen Freunden durch ein Gewirr von engen Seitenstraßen und Durchgängen, bis sie

zu einem Hinterhof voller Mülltonnen gelangten. Sie rochen sehr stark nach allem möglichen köstlichen Essen.
»Wir sind da!«, verkündete Sam stolz.
»Das ist die Rückseite von Marcellos Restaurant. Da gibt es das beste Futter der ganzen Stadt!«
In null Komma nichts hatten Sam und Shep die Mülltonnen geplündert und viele verschiedene Essensreste zu Tage gefördert. Es gab Steak und Hühnchen und knusprige Plätzchen zum

Nachtisch. Gierig ließen sie es sich schmecken.
»Nun!«, bellte Sam, als alle satt waren. »Ich denke, es ist Zeit, dem Müllplatz einen Besuch abzustatten und nachzusehen, ob wir irgendetwas Lustiges zum Spielen finden können. Das ist genau das Richtige, um ein gutes Essen abzurunden! Kommst du mit, Lily?«
»Ich würde gern«, antwortete Lily höflich, »aber ich muss jetzt wirklich weiter nach Tim suchen.«
Die beiden anderen sahen enttäuscht aus. »Willst du dich denn nicht unserer Bande anschließen?«, fragte Shep.
»Wenn es euch nichts ausmacht, lieber nicht«, sagte Lily. »Aber ich bin euch beiden wirklich sehr dankbar. Ich werde eure Freundlichkeit nie vergessen.«

Sam neigte den Kopf. »Weißt du, das Leben auf der Straße ist toll. Freiheit, Unabhängigkeit, Abenteuer ...«
»Aber ich will bei Tim sein«, erklärte Lily. »Er bedeutet mir mehr als alles andere auf der Welt.«

Lily trottete weiter, bis sie am Stadtrand in eine Gegend mit breiten, baumgesäumten Straßen kam. Die Häuser waren größer als das, in dem sie mit Tim gewohnt hatte. Sie hatten auch größere Gärten. Etwas weiter weg konnte Lily Felder und einen Wald sehen. Aber sie war erschöpft und setzte sich hin, um etwas auszuruhen.
»Seht nur, das kleine Hündchen! Es muss sich verlaufen haben!«
Lily blickte auf und sah ein Mädchen in Tims Alter, mit seinen Eltern.

Das Mädchen lief auf Lily zu und streckte ihr die Hand entgegen. »Komm her, Hündchen!«, lockte sie.
Zuerst schreckte Lily zurück, aber sie war zu müde, um weiterzurennen, und diese Leute sahen sehr nett und freundlich aus. Sie erinnerten Lily an ihre Familie. Vorsichtig wedelte sie mit dem Schwanz.
»Was sollen wir mit ihr machen?«, sagte die Mutter des Mädchens. Sie hob Lily hoch und betrachtete ihr Halsband.
»Da ist kein Namensschild und auch keine Telefonnummer«, sagte sie.
»Können wir sie behalten?«, wollte das Mädchen aufgeregt wissen.
»Nein, Sally«, antwortete ihr Vater. »Sie gehört bestimmt jemandem. Wir sollten sie lieber ins Tierheim bringen. Dort wird man sich um sie kümmern, bis ihre Besitzer sie abholen.«

Ehe sie sich versah, wurde Lily zur Auffahrt eines nahe gelegenen Hauses gebracht und Sally in den Schoß gelegt, die sich auf den Rücksitz eines großen gelben Wagens setzte.
Sally begann ihr weiches Fell an Kopf und Rücken zu streicheln, langsam und beruhigend. Lily wurde schläfrig. Sie leckte über Sallys Hand, dann rollte sie sich zu einem Schläfchen zusammen.
Der Motor sprang an. Plötzlich, als das Auto aus der Einfahrt rollte, hörte Lily ein vertrautes Geräusch. Es war das Motorkrachen von Mrs Harpers Auto, das gerade um die Ecke bog.
Lilys Ohren stellten sich auf, und sie setzte sich auf, wieder hellwach. Sie sprang von Sallys Schoß und stellte sich auf die Hinterbeine, um aus dem Rückfenster zu schauen.

Da waren Tim und seine Mutter im roten Auto! Tims Gesicht war tränenüberströmt. Sie fuhren in die Auffahrt nebenan!

Lily begann zu bellen, aber Tim konnte sie nicht hören. Das gelbe Auto beschleunigte jetzt und brachte sie immer weiter fort. Sie winselte, dann heulte sie in den höchsten Tönen. »Ist schon in Ordnung, Hündchen«, sagte Sally und streichelte Lily wieder. »Beruhige dich! Du musst keine Angst haben vor dem Auto.«

»Habe ich nicht!«, bellte Lily zurück. »Du verstehst mich nicht! Endlich habe ich Tim gefunden, und nun bringst du mich wieder weg von ihm!«

Kapitel 5

Die Decke in Lilys Käfig im Tierheim roch seltsam wie das Zeug, mit dem Tims Mum die Küche putzte. Lily drehte sich auf der Decke ein paar Mal um sich selbst, dann legte sie sich hin. Sie war in einem riesigen hellen Raum mit vielen anderen Käfigen.
Noch nie in ihrem Leben hatte Lily so viele Hunde gesehen. Es gab alle

möglichen Farben, Formen und Größen. Und sie bellten und winselten mit verschiedenen Stimmen. Sie hatten alle nur kurz zu ihr hingeschaut, als sie hereingebracht wurde, dann hatten sie mit ihrem Höllenlärm weitergemacht. Lilys Herz war schwer, sie war traurig. Was war, wenn Tim nicht kommen würde? Sie würde ihn niemals wieder sehen! Sie seufzte und fiel in einen unruhigen Schlaf.

»Oh, Mrs Boyd, warum musstest du mich verlassen!«, winselte jemand dicht neben ihr.

Lily öffnete ein Auge und schielte in den Käfig nebenan. Der Spaniel, der darin saß, machte einen sehr betrübten Eindruck. »Hallo, ich bin Lily«, bellte sie. »Ich bin Charlie«, antwortete der Spaniel.

»Wer ist Mrs Boyd?«, erkundigte sich Lily.

»Sie war mein Frauchen«, winselte Charlie. »Wir waren so glücklich. Aber dann wurde sie ins Krankenhaus gebracht und kam nicht zurück. Ihre Nachbarin brachte mich hierher.«

Lily war voller Mitgefühl für Charlie. Er war noch schlechter dran als sie! Lily konnte wenigstens darauf hoffen, dass Tim kommen und sie holen würde.

»Vielleicht kommt jemand, der dich mit zu sich nach Hause nimmt«, sagte Lily freundlich.

»Nein, bestimmt nicht«, antwortete Charlie traurig. »Die Menschen wollen immer junge Hunde. Ich bin schon zwei Jahre alt!«

Lily beschloss, einen Versuch zu wagen, Charlie aufzuheitern. Sie

begann ihm alles über ihr großes Abenteuer auf der Straße zu erzählen und über alle Hunde, die sie getroffen hatte, bis seine traurigen braunen Augen zufielen und er einschlief ...
Am anderen Morgen waren die beiden Hunde dicke Freunde und kuschelten

sich am Trennzaun ihrer Käfige eng aneinander.
»Da ist sie! Wie hast du gesagt, heißt sie, Lily?«

Beim Klang ihres Namens schreckte Lily aus dem Schlaf hoch und schaute auf. Sie blinzelte und sah noch einmal hin. Sie wollte ihren Augen nicht trauen! Da, direkt vor ihrem Käfig, stand Tim! Zusammen mit Mrs Harper und dem Mädchen Sally, das sie gestern hierher gebracht hatte!

»Lily!«, rief Tim. »Ich bin hier! Ich bin gekommen, um dich zu holen!«

Lily jaulte vor Freude und setzte sich auf; sie wedelte so heftig mit dem Schwanz, dass er wie ein Windrad aussah.

Ein Mädchen in grüner Uniform öffnete den Käfig, und Lily sprang in Tims Arme und leckte wie wild sein Gesicht. Sie zappelte so sehr, dass er sie beinahe fallen ließ.

Tim weinte und lachte zugleich, und Mrs

Harper sah aus, als würde sie auch gleich anfangen zu weinen.

»Na also, Tim! Ich habe dir ja gesagt, dass wir sie finden würden!«, sagte sie mit leicht zitternder Stimme, während sie mit einem Taschentuch über ihre Augen fuhr.

»Was für ein erstaunlicher Zufall, Lily!«, sagte Tim. »Irgendwie hast du gestern unsere neue Straße gefunden. Und als Sally und ihre Eltern kamen, um uns zu begrüßen, haben sie uns erzählt, dass sie gerade ein verirrtes Hündchen ins Tierheim gebracht hätten. Das warst du!«

Lily leckte glücklich eines von Tims Ohren. »Ja«, bellte sie. »Ganz erstaunlich.«

»Und jetzt komm, Lil! Wir wollen dir unser neues Zuhause zeigen«, sagte Tim und legte ihr die Leine an.

Plötzlich erinnerte Lily sich an Charlie. Sie schaute über Tims Schulter, um ihm Auf Wiedersehen zu sagen.
»Tschüss, Charlie!«, bellte sie. »Lass den Kopf nicht hängen!«
Aber Charlie war ganz und gar mit Schwanzwedeln beschäftigt und beschnupperte Sally, die sich neben seinen Käfig gekauert hatte und mit sanfter Stimme mit ihm redete.

Als Lily ihr Körbchen in der Küche des neuen Hauses entdeckt hatte, erschien ihr die Idee, hier zu wohnen, gar nicht mehr so seltsam.
Tim gefiel sein neues Zimmer sehr gut, und Sally war herübergekommen, um in dem neuen großen Garten mit ihm zu spielen. Sie wohnte mit ihrer Familie nebenan.

Eines Morgens, ein paar Tage später, raste Lily im Garten herum, als sie plötzlich gestört wurde. Sie hatte ein Kläffen in Sallys Garten gehört. Es klang vertraut.
Sie flitzte zu einer Lücke im Zaun und schielte hinüber. Ihre kleine schwarze Nase berührte eine andere, größere schwarze Nase. Lily erkannte sie sofort.
»Charlie!«, bellte Lily überrascht. »Was machst du denn in Sallys Garten?«
»Das ist jetzt auch mein Garten«, bellte Charlie glücklich. »Wegen dir habe ich ein neues Zuhause gefunden!«
Charlie erklärte, dass Sally, als sie vom Tierheim zurückgekommen war, ihrer Mutter von dem Spaniel erzählt hatte, mit dem sie sich angefreundet hatte. Sie überredete ihre Eltern, mit ihr dorthin zu gehen und Charlie kennen zu lernen. Er

gefiel ihnen auch, und sie hatten ihn mit nach Hause genommen.
»Das ist toll!«, kläffte Lily glücklich. »Jetzt habe ich auch einen Freund nebenan!«
»Charlie, komm mit! Wir wollen Mum fragen, ob wir nach nebenan gehen dürfen, um mit Tim und Lily zu spielen«, erklang Sallys Stimme von der anderen Seite des Zaunes.
»Bis gleich«, bellte Charlie. Er drehte sich um und rannte mit langen fliegenden seidigen Ohren zu seinem neuen Frauchen.
Lily bellte vor Freude noch einmal, dann machte sie sich auf die Suche nach Tim. Sie platzte fast vor Glück.
Tim lief ihr schon entgegen. »Komm mit, Lily, wir rennen um die Wette bis zum Steingarten!«

»Warte mal!«, bellte Lily, und ihr Schwanz wedelte heftig. »Unsere Freunde kommen herüber. Wir können gleich alle zusammen um die Wette laufen!«